DRAGONES Y TACOS

por Adam Rubin
ilustrado por Daniel Salmieri
traducido por Teresa Mlawer

PUFFIN BOOKS
An Imprint of Penguin Group (USA)

PUFFIN BOOKS
An imprint of Penguin Young Readers Group • Published by The Penguin Group
Penguin Group (USA) Inc., 375 Hudson Street, New York, NY 10014, U.S.A.
Penguin Group (Canada), 90 Eglinton Avenue East, Suite 700, Toronto, Ontario, Canada M4P 2Y3 (a division of Pearson Penguin Canada Inc.) • Penguin Books Ltd, 80 Strand, London WC2R 0RL, England • Penguin Ireland, 25 St. Stephen's Green, Dublin 2, Ireland (a division of Penguin Books Ltd) • Penguin Group (Australia), 250 Camberwell Road, Camberwell, Victoria 3124, Australia (a division of Pearson Australia Group Pty Ltd) • Penguin Books India Pvt Ltd, 11 Community Centre, Panchsheel Park, New Delhi - 110 017, India • Penguin Group (NZ), 67 Apollo Drive, Rosedale, North Shore 0632, New Zealand (a division of Pearson New Zealand Ltd) • Penguin Books (South Africa) (Pty) Ltd, 24 Sturdee Avenue, Rosebank, Johannesburg 2196, South Africa • Penguin Books Ltd, Registered Offices: 80 Strand, London WC2R 0RL, England

Designed by Jennifer Kelly
Text set in Zemke Hand ITC Std
Manufactured in China on acid-free paper

14

Library of Congress Cataloging-in-Publication Data
Rubin, Adam, date.
Dragons love tacos / by Adam Rubin ; illustrated by Daniel Salmieri. p. cm.
Summary: Explores the love dragons have for tacos, and the dangers of feeding them them anything with spicy salsa.
ISBN 978-0-8037-3680-1 (hardcover)
[1. Dragons—Fiction. 2. Tacos—Fiction. 3. Food habits—Fiction. 4. Humorous stories.]
I. Salmieri, Daniel, date, ill. II. Title.
PZ7.R83116Dr 2012 [E]—dc23 2011035699

Puffin Books ISBN 978-0-14-751559-9

The artwork was created with watercolor, gouache, and color pencil.

A mi querida hermana Bryce, a quien,
como no habla español, no le importará lo que escriba aquí.
–AR

A Aaron, un gran amigo.
Gracias por todo.
–DS

¡Oye, tú!

¿Sabías que a los dragones les encantan los tacos?

Les gustan los tacos de carne y los tacos de pollo.

Les gustan los tacos gigantes

y también los tacos pequeñitos.

COLIN HARK
STUFF
DRAGONS
PRUNE
KODI

¿Por qué a los dragones les encantan los tacos?
Quizá sea por el rico olor que sale de la sartén.
Quizá sea por las sabrosas y crujientes tortillas.
Quizá sea un secreto.

De todas formas, si quieres ser amigo de un dragón, los tacos son la clave.

Dime, dragón, ¿por qué te gustan tanto los tacos?

PERO...

...si los dragones adoran los tacos, odian la salsa picante mil veces más.

Odian la salsa verde picante y la salsa roja picante.

Odian la salsa picante espesa y la salsa picante líquida.

Si la salsa tiene un poco de picante, los dragones no la pueden ni ver.

¡SALSA NO PICANTE!
Un Libro de Cocina Para Dragones
por Alen Puff
SALSA NO PICANTE
MUY MUY PICANTE
PICANTE

¿Por qué los dragones odian la salsa picante?
Bueno, es que una sola gota de salsa picante
hace que les salga humo por las orejas.

Una pizca de pimienta hace que el dragón estornude chispas de colores.
La salsa picante les da dolor de barriga,
y cuando les duele la barriga . . .
¡Ay, madre!

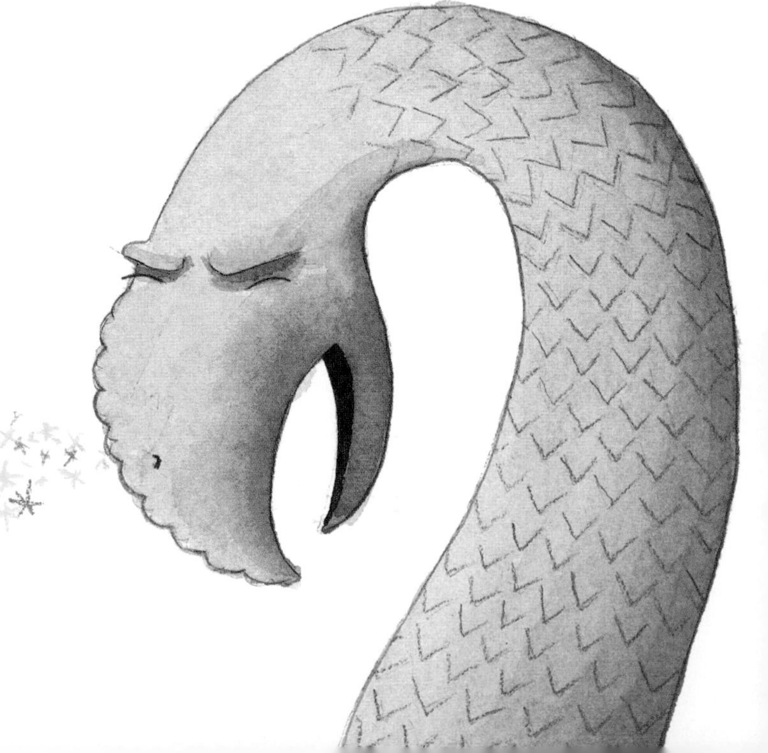

Si vas a preparar tacos para dragones, asegúrate de no echarle nada que tenga picante.

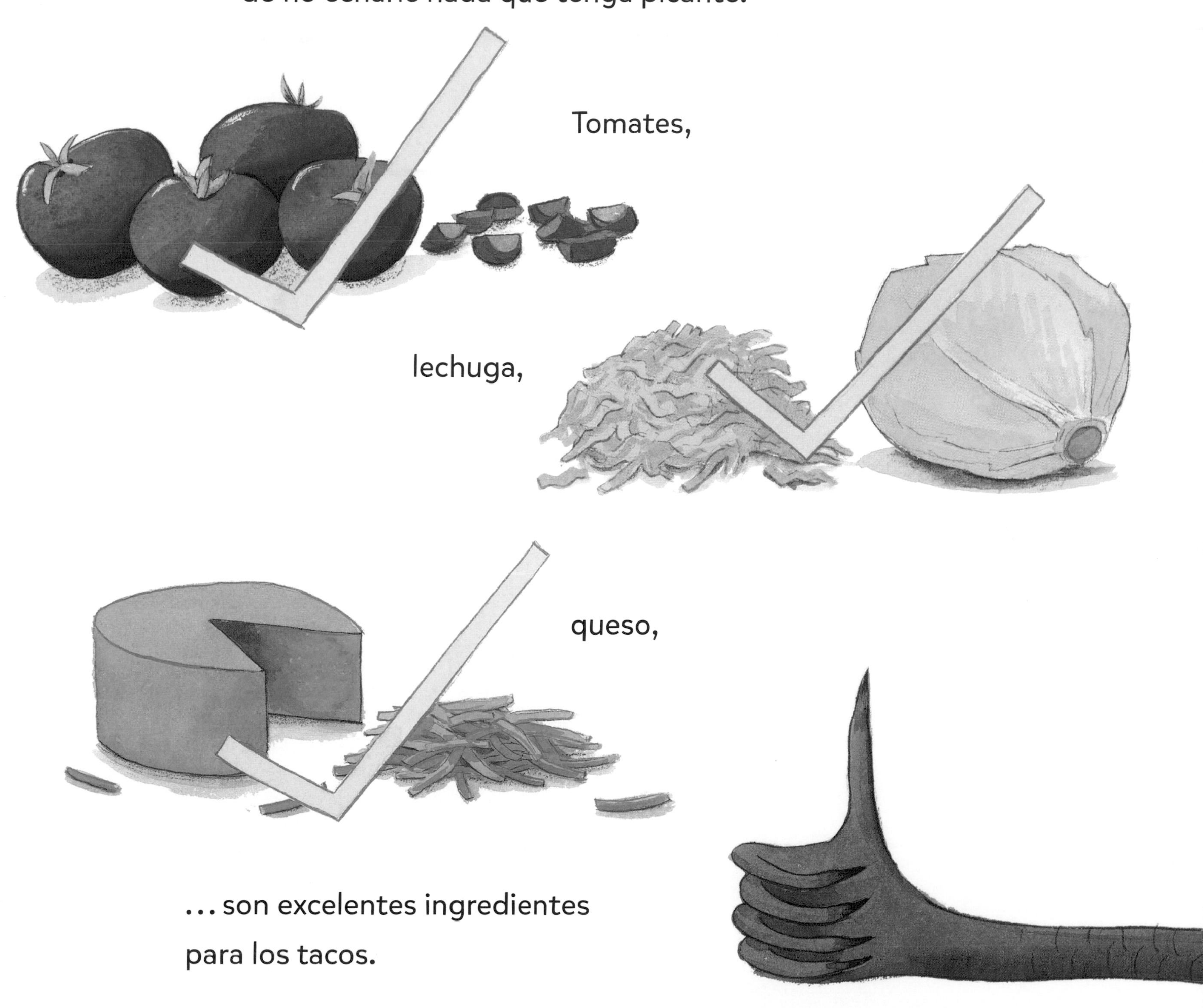

Tomates,

lechuga,

queso,

...son excelentes ingredientes para los tacos.

Oye, dragón, ¿te gustan los tacos picantes?

A los dragones les encantan las fiestas. Les gustan las fiestas de disfraces

y las fiestas en las piscinas.

Les gustan las grandes fiestas con música de acordeón

y las pequeñas fiestas con juegos.

¿Por qué a los dragones les encantan las fiestas?

Quizás les guste conversar. Quizás les guste bailar.

Quizás sea porque no hay nada más agradable que escuchar la risa de un amigo.

La única cosa que a los dragones les gusta más que las fiestas y los tacos, es una fiesta de tacos. (Las fiestas de tacos son fiestas con muchos tacos.) Si invitas a dragones a una fiesta de tacos, vas a necesitar muchos, muchos tacos. Montones de tacos. Para asegurarte de que tienes suficientes, busca una barca y llénala de tacos. Eso te dará una idea de la cantidad de tacos que necesitas para la fiesta. Ya sabes: a los dragones les encantan los tacos.

Oye, dragón, ¿tienes ganas de que llegue la gran fiesta de tacos?

Solo recuerda: los dragones odian la salsa picante.
Antes de que lleguen tus invitados,
esconde toda la salsa picante que tengas en casa.
Es más: entiérrala en el patio para que no la encuentren.

¡A estos dragones les encanta tu fiesta de tacos! Les gusta la música. Les gustan los adornos. Pero, sobre todo, ¡les encantan los tacos!

¡Enhorabuena!

YO ♥ TACOS
SALSA

Qué bien hiciste en esconder toda esa salsa picante . . .

Espera un momento:

¿qué son esas cositas verdes en la salsa?

¿No leíste la letra pequeña?

SALSA
SIN
PICANTE*
*AHORA CON MUCHOS JALAPEÑOS
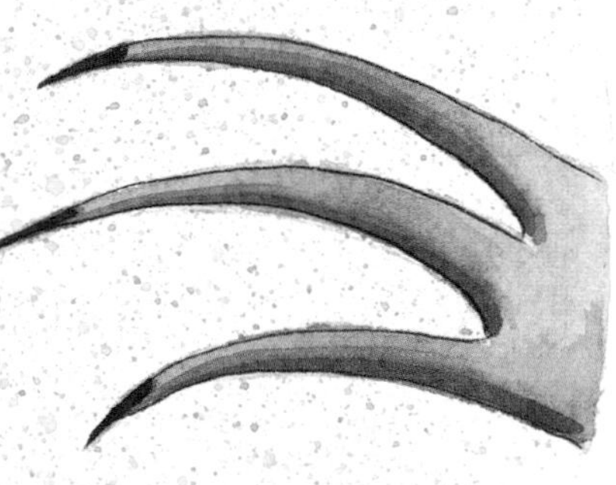

Dragones, escuchen: ¡no coman esos tacos!

¿Ven esas cositas verdes en la salsa? ¡Son chiles jalapeños! ¡Superpicantes! Sé que les encantan los tacos, pero ¡seguro que estos NO!

¡¡¡NO DEJEN QUE LOS DRAGONES COMAN ESOS TACOS!!!

ÑAM, ÑAM, ÑAM…

SALSA SIN PICANTE
SALSA SIN
SALSA SIN

¡Demasiado tarde! . . .

SALSA

¿Por qué los dragones te están ayudando a reconstruir tu casa?

Quizá sean buenas personas.

Quizá se sientan mal por haberla destruido.

Quizá solo piensen en los tacos de la merienda.

Después de todo, a los dragones les encantan los tacos.